Trampantojo | José Alejandro Peña

Colección Géiser
POESÍA

www.almava.net

José Alejandro Peña nació en 1964. Emigró a los Estados Unidos en 1995, donde funda y dirige Ediciones El Salvaje Refinado y Obsidiana Press.

En 1986 obtuvo el Premio Nacional de Poesía con su libro *El soñado desquite*.

Libros publicados:

Iniciación Final (1984), *El soñado desquite* (1986), *Pasar de sombra* (1989), *Estoy frente a ti, niña terrible* (1994), *Blasfemias de la flauta* (1999), *Mañana, el paraíso* (2001), *El fantasma de Broadway Street y otros poemas* (2002), *La vigilia de todas las islas* (2003), *Suicidio en el país de las magnolias* (2008), *Trampantojo* (2016), *El caballo de Atila* (2021). *Cóctel para sonámbulos* (2021), *Dejad hablar al viento* (2021), *Esperpéntico antiarcangélico y sexualísimo* (2021), *Pavor en el país natal* (2021).

TRAMPANTOJO

José Alejandro Peña

Segunda edición
2021

Colección Géiser
Poesía

www.almava.net

Publicado & distribuido
por

www.almava.net

info@almava.net

Las palabras y los días

El día robado

Alguien me ha robado este día
luminoso y espléndido
y a cambio me ha dejado una
música omisa
sin valor
como una casa sola
en medio del pantano
o a orillas de los fresnos
en otoño
entre una luz de vela
más arcaica que la clámide
de un césar
entre la jauría
y la ansiedad.

El día tácito

Nadie alcanza este día
veloz y transparente
como un gamo.
Los pájaros destruyen
lo que ha quedado del sol
que ya es muy poco.
Me lanzo solo a la aventura
en busca de un pavor
que es solo mío.
La pobre luz nocturna
se mete entre mis ojos
penumbrosos
llenos de pequeños trozos
de ladrillo.

El día del exilio

Me dieron a elegir
la suerte del canalla
o la del genio
me impusieron la lógica
marchita del ahorcado
me expulsaron de casa
como a un león herido.
Asustaron el caballo
en el que iba envuelto
en mil tinieblas
desdibujado
tórrido
amarillo
y sin memoria

El día que murió mi padre

El día transcurría con terca
parquedad
como si los trenes cavilaran
los lunes por la tarde.

Yo estaba dibujando mi retrato
con aceite natural
con colores terrosos
como la piel de un lobo.

Había llovido al mediodía
el aire estaba frío
frío como el nombre
de una mujer mala
desligado de sí mismo
como un batracio enfermo.

Mi voz se hizo pedazos
en mitad de mi garganta.

La tarde se vistió
del color de la pimienta
y empezó a llover
de nuevo.

El día silente

Algunas veces el alma
de los hombres está
en ruinas
y el día silencioso
no se mueve
está varado entre
la vastedad del mundo
y las pisadas de la gente
extrovertida.
Algunas veces el alma
de un batracio está contaminada
por la inerte manía de un espejo.
El silente día accidentado
nos habla de otras vidas
que vivimos
en un instante igual
a este.
Estamos repitiendo
las mismas palabras
y los mismos gestos
como si la inercia del sonido
fuera un número.

La palabra enferma

Esta palabra nació
con dos costillas rotas
con mucha tos
y con los codos flojos

es de color almendra
la llovizna en la que vive

o es de color sepia
la luz que la concreta
de un sepia agazapado
agudo
como un triángulo violeta
comido por los lados.

La palabra herida

Está herida la palabra
que desdigo irrepetible
herida por el fuego
que aún no nace.
Las piedras hieren adrede
la palabra que se esfuma
o cambia de trayecto.
La hieren encerrándola
en un tubo de pavesa
con una sucia luz de barco
que se ha hundido
antes de tiempo.

La palabra reducida

Reduzco esta palabra a cuatro
o cinco alucinados elementos:
a gasa limpia con corales muertos
a trayecto neblinoso de insistencia
diaria
bajo llave
como un ñandú arcaico
                trasnochado

reduzco esta palabra a un sonido
intervenido colindante inverso
como cuatro soles
escondidos en un mismo bolsillo
de camisa.

La palabra trasvasada

He trasvasado esta palabra
a su sonido
como se trasvasa la médula
de un hueso a una botella

he trasvasado el antiguo
motivo que alucina
al avestruz

en nombre de esta música
que tacho con palabras
provenientes del caos
y del asombro.

La palabra irreverente

Tal vez la perfección
de lo que digo o callo
se deba solamente
a la energía
de dos soles enemigos
que suelen coincidir
en cada blasfemia
del erizo.
Ser irreverente es casi
parecido a ser lechuga
o ser lechuga es parecido
a estar maldito.
Lo mismo da pasar la mano
por la herida
que medir la superficie
de los ríos con un escalofrío
de hipocampo.

La palabra efervescente

Cada vez que escribo en el papel
una palabra tentativamente dulce
la tinta se degrada a tal nivel
que se agria el vino en la pecera.

Se desnucan los pececillos
por la rabia efervescente
de una palabra mal escrita

y mis ojos se desatan
y caen en el vasito plástico
donde me he servido
un poco de aquel vino
excesivamente agrio.

Efervescente es la palabra
que salta del poema
trasponiendo media libra
      de sentido
            a los estuches
     donde viene
amordazado
     el grito.

Fiebre

La tierra tiembla cada vez
que un pensamiento tuyo
un gesto simple
y como arrancado del fondo
de una mano
cambia los resortes solares
por una lluvia que no deja ver
adonde pisa el viento
con sus botines agrios
y su capa robada
a los ríos que corren
por mi piel buscando el cielo.

Una mano conquista
el muro frío
hasta llegar al patio
con los ojos cerrados.

Una sed azul blanquea
mi frente
una sed incólume
limada por un grito
un grito también azul
cortado en mil pedazos.

En medio de la oscuridad
toda la oscuridad
se hunde poco a poco

y hasta el agua blanquea
con la sed del caballo.

Sólo la soledad al sol sacude
hasta dejarlo limpio.

Cada pensamiento tuyo
asusta al tren que avanza
por entre la corteza
de los ojos demasiado azules
donde confunden a la muerte
los halcones.

El zurdo

Voy a desprender el sol
de un grito
el sol enflaquecido
y rezagado
con el que me abrocho
cada noche la camisa
voy a cavar en el aire
un hoyo interminable
del que nadie pueda salir
sin quebrarse las uñas
voy a cubrir el hoyo
con pisadas de niños
ateridos
niños muertos
que deambulan
por los trenes

voy a vender el cielo
por un día más oscuro
voy a tirar piedras
a la angustia que pasa
voy a estrangular
la gota de lágrima
que ha quedado

en el aire suspendida
voy a cortarme las venas
con un rayo de sol
voy a llenar mis pulmones
de las aguas podridas
donde las damiselas huérfanas
ahogan sus canciones
voy a doblar con los dientes
los dardos telepáticos
que me arrojan los gorriones
descabezados y negros
voy a dibujar la luz
del mediodía sobre el pecho
tibio y claro de las muchachas
que se entregan
como cartas leídas
en los parques
voy a emprender
el viaje hacia la nada
con muecas y adjetivos
impensados
porque sé que la vida
es pura esquizofrenia
de amigos que se venden

por un naipe roído
por cuatro plumas verdes
de un colibrí sin plumas
por la cáscara seca de un
piano sin sonido.

Un viejo halcón se lleva mi sombrero

De una gota de agua trasparente
nace la sed del trueno.

Los halcones picotean
la oscuridad
hasta que otra oscuridad
renueva las ranuras
por donde se escapan
las emperatrices
vendadas con nubes
y espejismos.

Por entre los dedos
de las mariposas excesivas
se escurren los dientes
de leche de las niñas
matriarcales.

La brisa me persigue
por todas partes
para estrangular
las medias palabras
que guardo en una media
rota.

Voy a comer un poco
de tierra de volcán
para purificar al fidedigno
escarabajo que se angustia
por las fibras de la lluvia
cándida.

Me escondo debajo
del instinto de las piedras
hasta que el olvido
se olvida de olvidarme.

Purifico los nervios
de la mariposa
con una brisa nueva
de alabastro.

Toda la luz se oculta
debajo de las piedras
todas las nubes
bajo las piedras sueñan
con reptiles impasibles.

Los ruiseñores intransigentes
los lagartos auditivos
los obispos paranoicos
ocultan bajo las piedras
momentáneos propósitos
de hierba.

Los halcones vuelan sobre
mi cabeza enfebrecida
vuelan las encías de las
pirañas embrujadas
yo vuelo todavía más alto
que todas las paredes.

Por estar un poco más arriba
de mi cabeza
mi sombrero piensa
que piensa mejor que yo.

Exotismo

Por un poema lacónico
y exótico de Tristán Tzara
en el que hay cierta
indumentaria campestre
y una bella descripción
del cielo de Li Po
he aprendido que los autillos
y las ranas conspiran
contra el volumen
de las uvas en el suelo.

El suelo disminuye
con la lluvia

la lluvia
calcada por el sol
de la mañana
hace crecer
las ramas tiernas
del olivo.

El arte de borrar

Una ralladora de caldera
abre sus plumas intangibles
para borrar con tinta
la palma de la mano.

Mi rostro está borrado
con tachuelas de zapato
como el sol
que ha reencarnado
en un febril escarabajo.

Para borrar la lluvia
es necesario un
esqueleto de acémila
de barro.

Todo lo que el aire borra
lo borra con la voz.

Rumbos paralelos

Solamente los ciegos
repentinos
borran con la vista
el mínimo destello
que los encamina
por rumbos de locura
      y de abundancia.

Rumbos
    además
        paralelos.

El sabor del vino

Ni siquiera en la soledad
se está uno tan miserablemente
alegre
como al día siguiente de volver
a caminar sin las muletas

para que sienta nuestra novia
que el vino sabe a vino
solamente en los labios
de una momia.

El ahogado

Así
pegando uno y otro lado del río
hasta convertirlo en una raya blanca
que chorrea sin cesar toda la noche
malgasto los minutos
que los dioses necesitan
para reconstruir los brazos
de una estatua.

Solamente de noche se desbordan
las aguas redivivas
que rebosan los quejidos
de un capitalista

apilando piedras
sobre el mórbido cuerpo
de un ahogado.

El otro lado de la muerte

Por un poema perdido
en mi bolsillo
por un bisbiseo
que yerra en el meadero
de los guacamayos
tú naces cada día
y cada día mueres
para que yo te resucite
cortando un estornino
con una de sus plumas.

De la escisión blancuzca
y excesiva va a salir
de pronto un águila
de fuego.

Tus párpados abiertos
moverán el sol
con un temblor continuo
como cuando escuchamos
del otro lado de la muerte
a Paganini.

Este vacío elemental

Porque nada hay
más profundo que amar
desde la angustia
con el deseo de la angustia
que solamente con la angustia
se termina

dejo escapar de mí
un alarido

y salgo a caminar
como otras veces
pensando y repensando
este vacío elemental
que ya ni duele.

Las palabras y los días

El sol será la mano abierta
de una anciana en la portilla
repartiendo sardinas y galletas
de lodo a cada transeúnte.

El sol será como sombrero ajeno
que sólo ajusta a la cabeza
de quien juega a perder
noche por día.

Perdemos nuestros días
en un día inaccesible.

El sol será liso y duro
como un bolsillo roto
del que salen volando
cuervos diminutos
que buscan en la arena
una mirada retorcida.

El sol es una nada
que huele a dinamita
unas pocas palabras
que los días no repiten

leves
o insumisas
como el cartón rugoso
que forra
al huracán.

Habrá una playa
en medio del florero
una playa y un puente
para cruzar la noche
llevando bajo el brazo
un tulipán deshecho
o una brasa revestida
con la piel de mil palomas.

La muerte es como el cutis
de las muchachas al parir:
una espuma blindada
con ceniza de hirudíneo.

Las palabras de la muerte
son escasas y no duran
un instante.

Las palabras son los días
y los días son palabras
que seducen a la noche.

La noche despierta
con un grito de cernícalo
y da grandes pisadas
hacia un mundo
construido con venas
de papel.

No nos sirven las palabras
ni los días
no nos empalma el corazón
una gardenia
ni las tiras de algodón
con que sujeta el hombre
de mañana su rígida armadura.

De nada sirve
que amarremos
al cuello del suicida
un ancla de rescate
con dos o tres graduales

mariposas
que lo saquen a la orilla
con palabras esponjosas
o escindidas
en un día acicalado
con colores vermiformes
que nos llenan la garganta
de impetuoso raciocinio.

Clepsidra silúrica

Promesa

Caminaré a tu lado balbuciendo
frases nunca oídas
frases mejores que las frases
de los poetas que huelen
a ceniza de centauro
a losa limpia
a disparo en mitad del bosque.

Pintaré de blanco todo el cielo
con la sangre todavía
fresca de las nubes insolubles

las nubes que se filtran
por entre las rendijas
de los barcos que el mar
va dibujando
al momento en que se hunden.

El brillo del cuchillo

Las nubes antisépticas
tan leves
envueltas en un periódico
antiquísimo
cuyas letras arruinan
poco a poco
la tarde

se lanzan al vacío
de las muecas ajenas
que son como contar
sesenta veces
el brillo del cuchillo
en la garganta.

Las nubes se degradan

Hace tiempo las nubes
se degradan
como albercas o huracanes
hace tiempo murieron
las palabras y los días.

Ah los días
en los que el sol jugaba
el juego de anticipar
la muerte
de profetas y de esclavos.

Hace tiempo las nubes
ya no son la misma piel
del fuego

ya no arden las palabras
en las que el cielo se refleja
como un ladrillo en otro
como un día gris en otro
día más oscuro.

Es de un color alegre casi efímero

La muerte que yo finjo
cuando muero
es de un color alegre
casi efímero

que se queda entre
baldosas oprimido
pisando las pisadas
de aquellos transeúntes
olvidados.

Muero por la muerte
de dos escarabajos
que obligan a la noche
a sucumbir.

Muero como muere
un ángel sin sus alas.

Muero de veras cada día
sin que lo sepa nadie
entre paredes.

¿Qué es la muerte?

¿Qué es la muerte
sino una tela intacta
diáfana como la carne
cruda de los peces?

¿Qué es la muerte
sino un cofre para
guardar la roja cáscara
de un dedo?

¿Qué es la muerte
sino la misma vida
dando tumbos
por entre galerías
que se olvidan?

¿Qué es la muerte
sino un rencor innecesario
y ávido
que va durar un siglo
o al menos una noche
indisciernblemente
extraña?

Los sueños que soñamos bajo el mar

Se ha llenado de hormigas
el cadáver
de todas las palabras
indistintamente enrarecidas
u obscenas
como una ortiga
que se nos pega al pantalón.

O como tinta
demasiado oscura
que da profundidad
a los sueños que soñamos
bajo el mar.

Han muerto las palabras
llanas pulcras primorosas
esas que dan golpes
de claridad contra las puertas.

Ahora por lo menos
hay jardines
sin cadáveres risueños
jardines en los cuales
una azucena y un reloj

sin cuerda
continúan el riguroso
trabajo del tranvía
sin perder de vista
los minutos acuciosos
y las horas.

Volar alto

Los pájaros y el hombre
son extraordinarios
y felices
porque vuelan
tantas veces como pueden
unos con sus grandes alas
ostentosas
y el otro con sus ansias
de catorce varas.

Unos escogen bien el rumbo
que la suerte les señala
otros se quedan a la orilla
sin saber qué hacer.

En todo caso
lo mejor es decidirse
por la altura
y que una pala cárdena
nos recoja el vértigo.

Ser indócil

Ser así como un espejo
indócil
o como un guante
que se ha quedado
en la baranda
cubierto por la nieve.

Ser como un atardecer
difícil
con poca fe
y un trozo de pan
en el bolsillo.

Ser como el zorrillo envenenado
que se aferra solamente
a un día de sol.

Ser así es ser ubicuo
y eso no lo puede
perdonar ya nadie.

El enterrador

Como enterrar a un gato
adentro de su piel
para exorcizarlo luego
con un mellado bisturí
de bronce

o con una pala acomodar
su alma
en una vieja caja de zapatos.

Los lobos

He tropezado ya dos veces
con mi propia sombra
y ya dos veces la he podido
confundir con la de un lobo.

Al caminar hacia la casa de mi madre
escucho algunos movimientos
entre los matorrales.

Veo desde la distancia
que hay lobos rodeando
los confines
son temibles como brasas
azuzadas de un infierno
intransferiblemente diamantino.

Tomo entre mis manos
cuatro piedras para herirlos
y ahuyentarlos.

Mas los lobos al notar
mis intenciones
se escondieron detrás
de mí como una sombra.

Animal

Lo más difícil
lo que nadie alcanza
es casi un sueño
demasiado esquivo

un sueño en el que hay
una jirafa
que nos sigue
por una larga hilera
de árboles inversos
con murciélagos.

En un lugar del sueño
estamos muertos
estirando una mano
disecada

es la mano de un
animal inconfundible
oscuro y claro
que se retuerce de dolor
bajo la tierra.

Naufragio

En otro lugar del sueño
ya descrito
vamos sobre una embarcación
sencilla
de palma entretejida
con ligaduras de raíces
lianas todavía frescas
y buitres que en el cielo
aguardan impacientes.

Desde el fondo del mar
surge un animal extraño
parecido a una mantarraya
con cien ojos y dos bocas
redondas

tiene patas de anfibio blanquecinas
y su cuerpo es del color de la ceniza.

Si nos movemos
se mueve de la misma forma
y si nos quedamos inmóviles
sus cien ojos se mueven
hacia arriba y hacia abajo

produciendo un sonido
de bisagra
con herrumbre.

Poco a poco
llegamos a la orilla
buscamos un lugar seguro
entre las rocas
allí nos paraliza el viento
que es un buitre rojo
y nos quedamos estáticos
sin habla.

El camino que va al mar

Para ver cómo es el fuego
de indeciso
me pongo a conversar
con los caimanes
sobre la lucidez
de los faroles.

Me distraigo con la brisa
que naufraga entre las
rotas calaveras
de las palmas.

Luego me doy vuelta
y camino veinte pasos
sin pensar en los faroles
de algún modo extravagantes
deleznables.

Prendo fuego a la casa
de mi madre
y me voy por el camino
que va al mar
mondando una manzana
con los dientes.

Ocurrencia

Dijo en tono aletargado
el viejo bardo
"cada vez que la luna
ladre a las ardillas
siéntate a leer algún
poema inusitado
de Rilke o de Rimbaud".

Entonces yo le dije
como en broma:

Cada vez que quieras
comprobar
si los otros de veras existen
pon el pie sobre sus gargantas
hasta que cambien de piel

o se desarme con el viento
un vagabundo.

Curiosidad

Rebotan de hoja en hoja
como remolinos relucientes
esos cantos que nadie oye
esas nubes que nadie ve
tan altas
tan difusas
esos residuos de lágrimas
ya secas
que sueltan las miradas
rejuvenecidas
por una curiosidad
monótona
que ahueca y distorsiona
la firme dentadura
del caballo.

Tinta verde para una
tarde indescifrable

Por la lujuria de las manecillas
del reloj
que adelanta la hora de la muerte
paso de un pensamiento a otro
buscando algo que no sé.

La tarde indescifrable
nos va a pintar de verde
el exotismo
o la grandeza
que circula como un fantasma ebrio
por las orillas de este mar tan amplio
que sofoca.

¿Dónde quedó aquello
que dejó de importarnos
y que ahora es una tinta
que nos mancha
la camisa?

El viejo abrigo

No son tus brazos amor
no son tus brazos
ni tu voz ni tu cuerpo
ni siquiera es eso
que me dictan tus labios
cuando estás dormida

es algo más que tener cuerpo
y adentro de ese cuerpo
un grano de mostaza
o una piedra roja más pequeña
que la flor del cerezo.

La piedra muy pronto crecerá
convirtiendo las rosas en manzanas
las manzanas en águilas
y las águilas en un amor sin huesos
delicado
como esas nubes que parecen barcos
o vagones de dos o tres niveles
donde guardo
un abrigo que se ha quedado abierto
muy viejo y arrugado
y sin botones.

Como quien quiere decir algo y no lo dice

Leo y releo los poemas
tersos de Vladimir Holan
los poemas irrepetibles
de Odysseas Elytis
los poemas roncos
y sencillos de Cavafis
en una habitación
sin aire
sin luz
donde nadan
unos pececillos pardos
que quieren decir
algo y no lo dicen.

También yo quisiera
decir algo
algo parecido a las escamas
transitorias de los peces
algo con agallas muy rojas
y con una larga cola
de dos noches de anchura
y de espesor.

Teresa

Amo tu nombre
indivisible y puro
como la fija mirada
del lagarto

tu nombre que separa
la escoria de la flama
y es la flama en medio
de su propia perversión

alejándose del aire
como si fueran alas
los fríos bordecillos
de las hojas secas.

Como quien sube al cielo
escalón por escalón
para bajar de golpe
sin hacerse daño

así sustancialmente
dejo que mi ser roce tu ser
hasta empapar las piedras
de sudor y risa.

Amo tanto tu cuerpo
que hasta el cielo
cambió sus nubes
por un piano inapagable.

Amo la rareza fugacísima
de este día interminable
con un poco de sol tibio
sobre tu falda blanca.

No sé cómo decírtelo
esta vez:
tu nombre es una profecía
y no un azar.

Y es tan claro
ay tan esplendente
tan sutil
como las plumas
que arrancas a los ángeles
para iluminar mejor
tu habitación.

Tu nombre es una casa grande y sola
construida sobre una montaña
a la que solamente llegan
la lluvia
el sol
el viento.

Tu nombre no lo aprende
todo el mundo
sin antes olvidarse
de sí mismo.

Yo subí poco a poco
a la montaña
y desde entonces
no conozco otra cosa
que la altura.

El ebrio

Ebrio como las puertas
que se van cayendo
de sus goznes
inútilmente soldados
a una voz
o a los naipes
que baraja el viento.

Ebrio como las nubes
que se desesperan
y ebrio como los puentes
que reprimen sus vértigos
para que se les tome confianza
en horas delicadas.

Ebrio de música y de vino
y ebrio de esplendor
como una selva.

Todos los días
estoy ebrio.
Pero hoy estoy más ebrio
que un cadáver forrado
de amapolas.

Amo la lluvia cuando está seca
y sabe a uva.
Amo tu sexo que huele a levadura
y sabe a lodo mezclado con jengibre.
Amo tus cabellos largos tan largos
que dan la vuelta al edificio donde vives
fascinada por el ruido de las ratas
que saben interpretar las alegorías
del agua perfumada.

Estoy siempre soñando
bajo la lluvia que no cae
con el temblor de tu cuerpo
que viene a cada instante
a instalarse en la brisa
para desarmarla
y nutrirla del vino de los pájaros.

Yo aprendí tu nombre con el vino
y aprendí a comprender la vida con el vino
y ahora solamente te busco
en las gotas de vino
con las que los alquimistas
fabrican estuches de combinación

para guardar relámpagos y gomas de mascar.

Hay tardes tan grises
que al ser demolidas por el viento
caen lentamente en la palma de tu mano
hasta formar un pájaro de cuerda.

Tu sonrisa incita a los interrogadores inexpertos
a bucear en la gota de sudor de sus silencios
interminables que intercambian a las momias
por un cabestrillo de alabastro siniestro
con el que sienten placer
un placer también siniestro y nulo
como una manzana.

Por ti voy limpiando
uno a uno los ruidos de las calles
con un trapo de cocina
y por ti me he tatuado un incendio
que dura para siempre.

Nada hay tan peligroso como el vino
que me dabas boca a boca
como se dan los pájaros el cielo
pedazo por pedazo.

Es por el vino que me desespero
cuando las nubes se juntan a planear
una muerte tan lenta y silenciosa
como la muerte de ciertos impulsos
sin los que la vida sería
demasiado ridícula.

Claroscuro

Amalgama

Todos tienen miedo
de aprender a mirar
como miran los ciegos
el atardecer.

Si quieres ver el fondo
de la taza vacía
acércate a mirar
con los ojos cerrados.

La máscara del fuego
es agua pura
la máscara del vino
son tus labios.

Quiero crecer en ti
como crece una ventana
en la que estás pensativa
o casi ausente

desdibujando cosas
para perseguirlas
por entre laberintos
de miradas rotas.

Los días se van a pie
bajo la lluvia y su amalgama:
la noche los encuentra
dormidos bajo el hielo.

Bosquejo de lo efímero

Un ruido muy lejano
casi ausente
más lejano
que aprender a reír
más rápido que aprender
la indiferencia total
el cálculo de vaciarlo todo
en la pupila abierta
la perfecta elegancia
de equilibrar las fuerzas
con un gesto
singularmente dulce
una sonrisa tan real
que no parece cierta

una sonrisa fúnebre
de hielo
parecida a dos paraguas
mal cerrados

y entre los árboles primeros
un resplandor borroso
y como fósil.

Mariguana

Un ruido enorme
de montaña desbocada
rompe las alas del colibrí
con la punta mojada
del papel
y quema lentamente
los párpados
que se enrollan
con los dedos
como un cigarrillo
de mariguana
que nos hunde los ojos
muy al fondo.

El andarín insomne

He guardado mis zapatos rotos
en una vieja funda de almohada
hecha para los sueños
de los vagabundos.

He intentado dormir
a la intemperie
sobre un banco de madera
entre los árboles oscuros
del parque abandonado.

Soy el dueño de un castillo
resguardado por leones.

Mi espíritu rebelde
no me permite dormir
en ningún sitio.

El lobo

Sobre las altas
montañas apartadas
construí mi casa
ladrillo por ladrillo
respirando favelas
y mascando raíces
venenosas.
Cada clavo lo encontré
en la arena.
Desde hace más
de un año
soy el prisionero
de mi propia
suerte.
Me vigilo a mí mismo
como a un lobo.
De noche escucho aullar
mi corazón vacío.

Fantasmas

Sobre el viejo piso
de madera
arden pasos
de fantasmas veraniegos.

Aguzo el oído
detrás de la puerta
quisiera abrirla de una vez
pero mis músculos están
demasiado juntos.

Me sostengo con una silla
desfondada.

Escucho voces
de muchachas
que corren juntas
en el patio.

Miro por la ventana
y solo veo las hojas
formando un remolino
que parece humano.

Momento

Mi amada está sentada
sobre el cemento blanco
cerca de la orilla
donde los peces juegan
con las cicatrices abiertas
de los manantiales.

Su mirada se alza
para verme
dulce y pálida
como una brisa
que se lleva el agua.

Las hojas secas

Sin fe y malherido
por la insistencia
con que se
va muriendo
la cascada
sonrío ante su rostro
recién lavado
por la lentitud
del remolino

el transitorio remolino
que forman las hojas
al caer.

El manzano

Mi amada habla con natural
exactitud a los árboles sombríos
les habla en un lenguaje
que solamente
los árboles entienden.

Me ha dicho ya mil veces
parpadeando
como parpadean
a veces
las guitarras:
"Cuando muera
me voy a convertir
en un manzano

en un manzano azul
inalcanzable."

Murmullo

Pareciera que lo he
soñado todo
que lo he vivido todo
en un instante
pareciera que me hablan
las paredes
las ventanas
y el sol que se retrasa
veinte siglos
es como abrir una puerta
sobre el pavimento
es como abrazar
una sombra bajo la lluvia
es como esconderse
debajo de un sombrero
que nos cubre
sobriamente
la cabeza.

Cuando pasa el tren

Nada
ni siquiera el fuego
es como el álamo.
Ni siquiera la lluvia
es como el trigo.
Ni siquiera las hojas
tienen párpados
las hojas que se caen
en ausencia de la brisa.

Nada
ni siquiera las pupilas
tienen forma
ni siquiera las gardenias
son de cobre
ni siquiera las orejas
de los muertos vibran
como alambres sueltos
cuando pasa el tren.

Candil

Pensar amada
en tu sonrisa
encantadora
y milagrosa
es como pintar
de rojo
un laberinto

o dibujar los pinos
con alas amarillas
o cantar
ante una estatua tuya
edificada cada noche
con luz de luna parda

cantar como
el candil a la pirámide
tu desnudez
brutal
inmaculada.

Los endebles huesos de una lagartija

Vivir a ciegas
tropezando
con mi sombra
y buscando entre papeles
los endebles huesos
de una lagartija
es como fugarse
a cada instante
de este instante
en el que no sucede
nada.

Vivir solo un momento
entre un latido y otro
como un viejo reloj
que se ha parado.

Precaución

Aprendemos de las horas
a mentir los minutos
que las horas perdieron.
Aprendemos de las calles
que hay hoyos precavidos
que no pisan otra vez
donde pisaron antes.
Aprendemos del aire
que la luz es efímera
y que Dios es miserable
como las palomas.

Estremecimiento del espantapájaros

La ventanilla de los barcos
apoya toda su claridad
en el rojo almanaque
del ébano florido.

El aire arrastra por el cuello
de la camisa
un estremecimiento súbito
del espantapájaros
un estremecimiento
de tapa gruesa
del que sale
un murciélago dorado.

Las uñas del murciélago
bellas como el hombro
de una estatua
son rojizas como
de vidrio helado.

Rojizas y llenas de risas
de muchachas
que se emborrachan
para sentir el mar adentro

de sus pieles
asombrosamente blancas
blancas y azucaradas
como gasa de hospital.

Todas tienen los senos llenos
de brisa de parroquia
y guardan los secretos
de sus amantes
en el nudo de sus camisolas
de algodón
como si tuvieran miedo
de que el sol pudra con sus rayos
la angustia de vivirlo todo.

Ellas piensan que son
de oropel las nubes negras
y piensan que las fiestas
ayudan a morir a las estatuas.

Mi amada y yo
no pensamos así.
No pensamos pensamientos
tan fijos tan redondos

tan lisos tan largos
tan tenues tan tiesos.

Nada pensamos.
Y nada nos importa pensar
de qué color son las puertas
que se niegan a abrir
o las alas de las olas
que se quedan mudas
dobladas sobre sí
como un mandato.

Nuestros pensamientos
no tienen nada
que ver con nada
y por eso nos reímos
en soledad
como si nada nos faltara.

Poema hallado en un pedregal

Un día desleído como un trébol
siendo yo muy niño
tan sensible como los pedregales
oí a mi padre decir con gesto amable
que Dios es como los pedregales
y que sus manos son enormes
como los pedregales
y que cada uno de sus dedos
es un puente
entre uno y otro
pedregal.

Pero Dios odia los pedregales
por miedo a los pedregales
y al amor que se profesan
en secreto
las lunas muertas
de los pedregales.

Mi padre dijo a mi madre
mirando
por la hendija
de su corazón sereno
que mis cabellos

y mis dientes son de ámbar
como los pedregales
y dijo apretando los ojos
para ver hacia adentro
esto que se alejaba
por entre los pedregales:
calla y sueña
como los pedregales
escucha y ríe
como los pedregales
aprende a volar más alto
que los pedregales
soporta todo sin afligirte
como los pedregales
ama y olvida
como los pedregales
vacíate de ti mismo
como los pedregales
apártate de todo
en el momento en que
te lo pidan sin lágrima
todos los pedregales
que se esconden
detrás de las pupilas

que te miran sin verte
desde los pedregales.

Sube y sueña
lo que se encuentra arriba
entre los pedregales
y baja todavía más hondo
hacia el cielo de los pedregales.

Y es cierto que la brisa
desespera
con su canto baldío
desespera y alucina
como los pedregales.

Y si has de temer
del manantial
teme solo aquello
que el manantial desecha.

Quien se obstina en el peligro
por osadía o ignorancia
avanza como un tonto
hacia los pedregales.

Quien no desafía nada
a nada se destina
como la bruma insatisfecha
de los pedregales.

El flamingo

La mujer recoge los frutos
que adormecen su entrada
en el laberinto construido
con bolas de algodón.
En invierno se oyen
las cabalgatas de los jabalíes
que la brisa desuella lentamente.

Encima de los armarios
hay un puma vivo
que no se mueve
nunca de su sitio.

Está prensado por la aureola
de un santo de porcelana
que tiene debajo de la lengua
un aeroplano de sustitución
portátil.

Con la pulpa que sueltan
las lágrimas de los cocodrilos
poco antes de la medianoche
la bruja a quien no podrá
sustituir la cobardía enjuta

ni la pálida demora
de andar por los caminos
ni el ombligo saliente
de los banqueros
pone a girar una cabeza
muy hermosa
de puro ardor matinal
la cabeza matinal cabe
perfectamente
en un estuche matinal
acolchado con sangre seca
y rancia de suspicacia matinal.

Hay un huevo de serpiente
debajo de cada puente
construido por la lluvia
con varillas de sal podrida.

El huevo se rompe
sin que salga nada
de adentro
salvo un arcoíris
con rigurosa limpidez
volcánica

como las muelas
de las muchachas paridas
de siameses.

En circunstancias muy precarias
se descoloran las pupilas
cuya primera mirada
se forma con rollos de alambre.

Las pupilas a veces
son tan inauténticas ¡ay!
que hasta se doblan
como cuello de flamingo.

Maña

A veces el cielo amanece a oscuras
y más alto que las manos de las niñas
ojerosas y pálidas que juegan a soñar
con lo que logran esconder bajo una manta.

Sueñan que los gatos se comen a los gatos
como se comen a los gatos las palomas
y sienten que el sexo se les muda de sitio
como a las madres que han parido mucho
y que han sufrido el maltrato
de muchos hombres por placer.

Todas las muchachas de tu edad juegan
porque la vida es un juego en el que nadie
ni siquiera los vecinos intolerables ganan nada.

Cuando se es joven y se sabe jugar
la nada por el todo
si pierdes ¿qué pierdes?

¿Tal vez un poco de tu piel
o la mitad de un día de tu vida
de tu vida
encogida y miserable?

Trampantojo

La puerta roja

El día rojo perfora los espejos
rompe las lámparas de hielo
decapita las olas demasiado
lentas.

El día rojo es cruel
como un tejado
como dejarse vencer
por una caricia
sobre el lecho de perlas
y azabache
tiembla mudo el azar
como si agonizara
el puerto de la puerta
donde todo comienza.

Las uñas de mi amada
rojas como nombrar un beso
dan a la noche holgura
y aguacero.

A veces una sombra
separa con un hilo
a quienes buscan para dormir

el lodo fresco de la catarata.

Ella pinta de rojo los fondos
de música
y se tiende a tocarse
muy hondo
allí donde más arde
el meteoro inverso
de su metafísica.

Va instintiva
buscando poro a poro
hasta llegar a mi cuerpo
una red impalpable
en la cual atraparme
y convertirme
en cuatrocientas mitades
de mí mismo.

Y va sacando
de entre mis huesos
expatriados
el cadáver del mar
que nos aleja

para juntarnos luego
en el vaivén de sus olas.

Son sus manos
tan pequeñas y suaves
que parecen de escarcha
y de trueno
como las piedras
que ocultan del viento
el eco de un color barítono
plural
inmarcesible.

Aprende a escalar
con quejidos y risas
este acorde perdido
entre los dos.

Sé tan liviano
como puedas ser —me dice—
y tan veloz que no te alcance
aliento para dudar
que nos baste para soñar
sólo el impulso

y para vivir la deleznable
convulsión de lo instantáneo.

Su voz se ha roto ya
mil veces
al decir mi nombre
y lo dice con los ojos cerrados
por temor a que se vaya
toda la invisibilidad
que hemos creado
al ir pintando de rojo
una puerta en el aire.

Aún sin darse cuenta
—y al mezclarse con el alba—
mi amada está en el subconsciente
de la inmovilidad
y por eso se mueve
como una estrella de mar
sobre el hipocampo hipnótico
y travieso
que se ahonda como una selva
despótica de sueño
entre lo que se dice apenas

y lo que no se oye
sino después de haberse
deformado.

Su cabello largo y negro
atraviesa mi mano lentamente
como una cascada de perfume.

Cuando parece no existir
sino en mi mente
tierna y desasida
como un zapato ajeno
desde el más íntimo rayo de sol
fluye y se pierde
y es entonces cuando está
más presente.

Con sus besos
va formando un nudo
demasiado apretado
del que ya nunca
escapará mi boca.

Una onda es creada al azar

por una piedra ¿o es la piedra
que lo intuye de pronto
desde tu mano?

Las ondas del agua
son puertas que abren
hacia zurdas manías por nacer.

Del último reloj de arena
están hechos el temor y el frío
y de la primera estalactita nació
como de un prasma
la cabeza de tortuga
de la conspiración ecuménica
la cual se desmorona a cada instante
y a cada instante es nueva
como las palabras
que lo dicen todo
sin haber ganado
un escalón.

Cada grano de arena
al frotarlo
se transparenta

y también se transparenta tu garganta
cuando subida sobre mí aúllas
para que el viento desordene
los átomos atónitos
con el sudor frío
de las alpargatas de vapor
y pulir hasta la médula
la célula salada y triangular de mi franela
y contar cada piedra
hasta formar un muro
más alto que la risa

y seducir la sed con un vaso vacío
como quien llena el mar de asombro
para poder nombrarlo.

Eres como la punta de un alfiler:
me clavas por todas partes
y me dejas sin aire y temblorosa —dices
riendo sobre el aire para que el aire sea.

Las palabras se mudan al país más sombrío
sueñan con el suicidio de las pequeñas
convalecencias interiores

no saben que son ángeles
de cáscara de huevo
hasta que una gota
de sangre las aplasta.

Las puertas tienen
pensamientos muy rojos.
Las puertas abren
hacia el vaivén del eco
como respuestas a
ninguna pregunta.

Los vasos capilares
de la yema de los dedos
del relámpago
son fríos y planos
como el rojo canto
de la golondrina.

La puerta blanca

Cómo me asustan los relojes
que se parecen de noche
en el invierno a los ojos de Dios
duros y secos
como la lengua blanca
de los prisioneros.

Cómo me tortura el color blanco
de las puertas que nadie puede abrir
sino con gritos inaudibles
y lámparas confusas.

Cómo de pronto desaparece
el sol de tu ventana
para que cante el fuego
su canción oscura.

Cómo los puentes
de tabla dispareja
van formando
una mirada líquida
más aborrecible
que la paz del cielo.

La puerta negra

He arrancado de la puerta del espejo
una mariposa del tamaño de un grito.
Negra como los utensilios
para desenterrar cantando
la vena rota de la guitarra encinta
a pleno sol a lo largo de un temblor
en cámara lenta
que va royendo las alas
del murciélago sediento.

La puerta negra recién
parida de humedad
y de volubles volutas invertidas
abre y cierra los finales
con la punta del cuchillo
es como los recortes
del periódico en mi cama
un andar de puntillas
por los cuartos vacíos
preguntando a las olas
que penden de los techos insomnes
por qué aguza el oído
el fuego disconforme
cada vez que se rompe

el hilo que ata un sueño a otro
hasta formar una secuencia
de pisadas en falso.

Solamente los lunes
y los martes por la noche
los jueves y los viernes
cuando muere el silencio
carnívoro de los tulipanes
ella me da su ser como un camino
que se alarga sin prisa hacia la nada.

La puerta negra del espejo a oscuras
me da su claridad y su sonido
que sabe a tinta seca
y es como los pájaros
que aprenden las palabras
de los diccionarios
para decirlas en voz alta
ante los ojos tórridos o acuosos
que copian la clorofila
de los filos unísonos
al margen del pavor y la alegría.

La puerta verde

He pintado de verde esta puerta sin color
como quien junta piedras para partir.

Con el sonido roto del caracol de Orfeo
he pintado de verde el grito que faltaba.

Hay un muro más alto que el silencio
un muro hecho de viento y despedida
un trepidar de auroras y embeleso.

Y hay entre la hierba sueños rojos
que los niños intercambian
por el cero perfecto
de todas las guitarras.

Dibujo para ti una puerta
del color de una aceituna
y noto que se han desvanecido
las teclas de los barcos y la luna.

Cuando algo se nos va rompiendo
más allá de la angustia de pensarlo todo
dibujo para ti una puerta del color del aire
que lleva a todas partes y a ninguna.

Por eso es una puerta
este algodón tan blanco
que se llena de ti
como un perfume.

Lo he visto muchas veces
muchas veces
como un camino
que se torna negro
en un sueño retroactivo.

Adentro de tu mano
hay un caballo
que cruza la pradera
en llamaradas.

La puerta gris

La brisa intercalada
y vieja de los orfelinatos
pule las mejillas
de los alfareros
con una puerta gris
inventada por un gnomo.

La brisa es verde o roja
como un calamar enloquecido

como una estrella
que alumbra en mi interior
hasta que el viento
con su estrategia mala
la va cubriendo
con residuos de carbón.

Los niños ciegos suben
a los barcos deprisa
tropezando con todo
y echando todo abajo.

Ya nadie los busca
debajo de la tierra

porque la tierra los reanima en sitios foscos
que ahogan cada grito con un trapo gris
de limpiar loza.

La lluvia blanquea los ojos de los gallos
para que puedan volar de la cocina
al fin del mundo

pero se quedan fijos
y llenos de clavículas
ante el pensamiento
atroz de las ventanas.

Los gallos mentalmente
desvencijan el sol
primero reanimando y limando
un rostro verdadero
hecho con crema de manzana.

La puerta gris que tú dibujas
con tu dedo sobre la nada
es invisible como un desierto vertical
grisáceo.

Una puerta amarilla

Mi amada es una red
para atrapar al viento

y yo lo atrapo de pronto
con la mano
y ambos elegimos
el color dorado
para pintar el nervio gris
de la mañana
rota en mil pedazos.

Ella mira la luz toda la luz
en una puerta
que boga sobre el río
a la deriva

abre la puerta
para bajar al fondo
de mi pensamiento
y sube con un pescado vivo
entre las manos.

Ella es fuego
que del frío viene

y no le importa
si el agua es más profunda
inventa las miradas de los otros
con sólo caminar entre la gente
como la brisa que todo lo alumbra.

Ella sabe y lo grita por mi boca:
la pureza que no arde
no dura
y solamente es eterna
si se agota
para nacer de nuevo
como un gnomo
o como nace el viento
entre las palmas
agitando el corazón del hombre
o desangrándose.

Otra puerta amarilla

Si pones un rayo de sol
sobre un rayo de sol
habrás creado el sonido
del viento y no la luz.

Para crear la luz
se necesita un mirlo
y un poco de viento
en la mañana sola.

Para crear al viento
con una mano atada
basta con mover
los ojos en círculo
hasta que se desprenda
la última mirada
de la más alta rama
del insomnio.

El sol pinta de amarillo las puertas
que el dolor cubre con ruidos
tenebrosos
blancos como el cervatillo
que se ahoga.

El árbol marca
con élitros oscuros
la errante claridad
que nos destruye.

Hay puertas invisibles
que el aire reproduce
para que el árbol
siga andando
sobre los techos amarillos.

La puerta aguamarina

Entre las aguas grises
y el huracán de arena
las puertas retroceden
con pasos hipotéticos

mientras el sol deforma
con su esqueleto aguamarina
el borroso retrato
de mi padre en la niebla persistente.

La niebla va dejando en las puertas ajenas
un límpido sonido de pulso anaranjado.

Los dientes del caballo
se empecinan soñando
con ir mascando arena
por el mar de los muertos
que no es un mar tirano
con alas de cariópside
sino una selva oscura
como aquella de Dante
bajando paso a paso
a un infierno portátil.

La puerta malaquita

Es una puerta angosta
de lata mordisqueada
que nadie ve durante el día
y de noche solamente
los muertos pueden verla.

En este lugar raro
donde nadie parece
estar despierto nunca
yo veo mi cuerpo repetido
en el bosque.

Se escuchan unos pasos
reforzados con cera
y la puerta malaquita
se abre sola.

La puerta morada

Subo con gran esfuerzo
a la montaña.
La ciudad está llena de faisanes
antiguos.
Los altos edificios
contaminan el agua
en los tinacos.
Las puertas de las casas
están en mal estado
moradas como arañas
indecisas.
Los ríos se secan la frente
con un paño morado.
Una estrella sin médula
se apaga.

La puerta azul celeste

Está el cielo en la puerta
con su traje de polen
escuchando la sangre
de las moscas freudianas

está el azul celeste
de la puerta del patio
tanteando los caducos
ladridos de mi perro.

La puerta azul celeste
está ya condenada
sin nadie que la nombre
por los bosques y playas.

La puerta lapislázuli

Las calles son de tierra
y es de tierra mi sangre
que vaga por los ríos
de todas las ciudades.

La puerta lapislázuli está del otro lado
resguardada por un centauro viejo
que tiene solo un ojo

Me oculto entre mis ropas
con un truco sencillo
y duermo a la paloma
con un tren de juguete.

La puerta lapislázuli
contiene secretas armaduras
repletas de escorpiones.

Ni las escolopendras animosas
ni los temibles escorpiones
incrustados en las rocas
pueden destruir a un hombre
que no existe.

La puerta carmesí

A través de las burbujas del sombrero
me doy cuenta que el mar está sangrando
pedacitos de sal negra y erizos magullados.

El mar es una puerta con peces imprevistos
que se nos meten por los poros
como el nardo podrido en la ventana.

Uno se da cuenta un poco tarde
que hay una puerta carmesí
cerrada como un globo.

La puerta solo abre una vez en un siglo
para dejar entrar a los niños fantasmas
que pierden cada dedo por recobrar
un ojo confidente
retirado del centro
radiactivo de la mano.

La puerta hueso

Por los huesos de esta puerta
se está resquebrajando
un grito ensimismado
de agua clara.

Es una puerta
del color de un matarratas
muy parecida en los flancos
a un hueso de gallina.

Su color verdadero
es trémulo y opaco
evasivo como los hoyos
negros de un vivero.

Esta puerta doblemente
extraña
se ha quedado
por descuido
abierta.

Hay otra puerta hueso
al lado de esta puerta
que resuena

cuando el viento
recula hasta caer sentado
sobre la tibia boñiga
de los cortesanos.

Ambas puertas desaparecen
cuando entra la noche
con su chalina verde
espantando con ruidos
y con muecas
a los niños con cara
de murciélago.

La puerta malva

Colgaron de mi puerta
un ratón amarillo por la cola
signo de crueldad
o amenaza.

Era de color malva
la puerta medio abierta
el ratón estaba vivo
y chillaba.

Chillaba como un monje
dormido en una roca
en una enorme roca
que rueda y que tropieza
como un ojo.

La puerta gualda

Escribo este poema
ante una puerta gualda
con códigos dorados
y piezas extraviadas.

Descifrarlo es muy fácil
con un martillo indócil
y un loro que repite
las palabras del mago.

Escribo este poema
ante una puerta gualda
que quiere descifrar
los códigos del sueño.

Escribo estas palabras
oscuras en un muro
que sube hasta marearse
por un fémur de niña
guardado en una avispa.

La puerta anaranjada

Hay una puerta anaranjada
que da al mundo
de los muertos.

Cada noche me acuesto
en una tumba distinta
y despierto cubierto
de hiedra y de resina.

Un demonio se apodera
de mis sueños profundos
atrapando mi alma
en otro cuerpo.

La puerta anaranjada
se parece a mi alma
cerrada de continuo.

Solamente los demonios
conocen el sentido
que la resina expele
cuando crece la hiedra
alrededor de nuestra cama.

La puerta fluorescente

Estoy ante una puerta eflorescente
                              híbrida
                    cerífera
          como el sueño
de una mosca.

La puerta está cerrada por dentro
cerrada con una vara seca de abedul.

Es un día caluroso y umbroso
un día para estarse
                    escuchando
                          en el campo
          una lluvia irreal.

Adentro estoy yo
atado al cielorraso
                    sin ver nada
excepto un caracol marino
                    gigantesco
que va arrastrando
de lado a lado
mi cabeza.

Índice

Las palabras y los días

Clepsidra silúrica

Claroscuro

Trampantojo

Colofón

Esta segunda edición de
T r a m p a n t o j o
de José Alejandro Peña
se terminó de imprimir
en los Estados Unidos
de América bajo la
**Colección Géiser
Poesía**

Publicado & distribuido
por

w w w . a l m a v a . n e t

info@almava.net